KB140460

모래바람의 레퀴엠

문학과 사람 시인선 005

모래바람의 레퀴엠

문학과 사람 시인선 005

초판 1쇄 발행 | 2019년 10월 10일

지 은 이 | 김용의
펴 낸 이 | 김광기
펴 낸 곳 | 문학과 사람
등록번호 | 제2016-9호
등록일자 | 2016년 7월 22일
주   소 | 경기도 시흥시 하상로 36 금호타운 301-203
          서울시 마포구 성미산로 1길 30, 2층
전   화 | 031) 253-2575
전자우편 | poetbooks@naver.com
홈페이지 | http://cafe.daum.net/yadan21

ISBN 978-89-89265-93-1 03810

값 9,000원

모래바람의 레퀴엠

김용의 시집

한 발 늦은 꽃눈이라고 그냥 지나치지 말 일이다. 가을을 지나 겨울 앞에 섰을 때 그 때는 모든 것이 제자리에서 아름다울 것이니. 바라보는 그대로 제자리에서 향기를 피어낼 것이니.

그래서 세상은 아름답다. 이 아름다운 세상에 숨 쉴 수 있음은 축복이다. 사랑하는 사람이 있어서, 사랑할 수 있는 사람이 있어서 이 세상은 언제나 가슴 설레게 아름답다.

이 아름다운 세상 한 복판에서 속옷마저 벗은 느낌이다. 그러나 벗은 홀가분함보다 이제는 나를 포장하고 감추어 줄 천 조각 하나 없어 더 이상 치부를 숨길 수 없다는 생각에 등줄기가 서늘해온다.

부끄러움을 알면서도 머릿속에 뒹굴던 생각들을 일렬로 세워 시 한 편 슬쩍 들이미는 손이 부끄럽다.

2019년 가을, 김용의

■ 차 례

1부 통증엔 길이 없다

2부 아내를 찾습니다

3부 내 몸의 거리

4부 설독이 천공을 만든다

1부

통증엔 길이 없다

돌확

돌에는
매듭을 풀어내는 동그란 말들이 있다
먼 길을 돌아 힘이 들 때도
가슴 속 피멍울을 다듬어
제 살 한점씩 떼어 내면서
세상의 모든 순한 생각들을 오롯이 담는다

아픈 바람의 깃털까지 고르면서
넉넉하게 웃는 둥근 지혜들

둥근 것 앞에서
나는
아무 말도 하지 말아야 한다

잉크

문을 닫았다
미처 빼지 못한 손가락이 문틈에 끼어
손톱 밑이 금방 시퍼래 진다
아픈 오후를 지나 검게 죽어 잠자는 손가락을 본다

안으로만 굳어가는 나만의 이야기에 짓눌려
길을 헤매던 마음이
천둥소리에 소스라쳐 깨어난다
조각조각 낯 선 길이 보인다
새로운 길이다
세월은 많은 길을 지우고 갔지만
다시
희미하게 보이는 새로운 길을 따라
문자들의 밝은 그림자를 세운다

새 살이 돋아나려나보다
근질거리는 손가락이 환하게 웃는다

허수아비

지나가는 바람이 간질거리는 겨드랑이에
마른기침을 걸어 놓는다

두 팔을 벌리고 선 건
애초부터 내어주기 위해서였다

약속한 건 아니지만
기다린다는 눈빛조차 나누지도 않았지만
어느새 만날 약속은 길을 잃었다
뒷걸음치며 모두가 떠나간 벌판에서, 그래도
꺾어지는 무릎의 연골을 세워
아득한 골목을 바라보는
아버지의 흰 모시적삼

기다림이 아니다
눅눅해진 영혼을 속으로만 말리려는
무심의 일상이다

비구름이
굽은 등을 타고 넘는다

편지

어제의 시간만큼 흰 뼈들이 쌓였다

지난밤 또렷하게 깨어서
호흡을 거칠게 짓누르던 시간들이
말 같지 않은 말
글 같지 않은 글로 장난치지 말라며
잠시의 기다림도 없이
막무가내로 내 감정을 칭칭 동여매었다
하지만
움직일 수 없는 감정의 틈바구니를 비집어
나는 오늘도 싸우면서, 할퀴면서
웃으면서
내가 만든 계단을 숨가쁘게 오른다

하나, 둘 가쁜 숨을 가다듬어
마음속 주름진 내력을 펼치려는데
친구의 부고訃告가 초인종을 누른다

나는 보이지 않게

조금씩 녹아내리는 북극의 빙하처럼
다시 오늘을 떠돌면서
텅 빈 벌판 고개 숙인 허수아비를 본다

모래바람의 레퀴엠

모래벽 틈새를 비집고 달빛이 어둠을 밀면
한 자락 바람에도 힘겨운 낙타가
짧은 여름밤을 되새김질 하고 있다

가슴 헤집는 모래바람에도
가쁜 호흡을 다잡아
뚜벅 뚜벅 모래신발이 닳도록 사막을 걷는다
걷고 또 걸으며
등 떠미는 바람은 바람의 뜻으로 버려두고
살아있는 오늘을 침묵하는 건
굳은살 박힌 어깨를 짓누르는 등짐을
함부로 내려놓지 못하기 때문이다
정수리에 쏟아지는 햇볕을 이고
현絃처럼 튕겨나는 마른 별빛 내릴 때까지
하루를 쉼 없이 걷는 건
강물에 이르지 못한 시냇물처럼
어느 짐 하나도 쉽게 내려놓지 못하는 까닭이다
태어날 때부터 제 울음의 깊이를 아는 낙타는
오늘도

자기 등이 굽는 줄 모르고
걷고 또 걷는다

아버지는
모래바람의 레퀴엠이 슬프지 않다

통증엔 길이 없다

밤새 퉁퉁 부어오르는 치통을 깨물다가
아침에 눈을 뜬다
지난 밤 궁둥이에 진물이 나도록
원고지 칸마다 치통을 채워 넣어도
생각은 점점 검은 철창을 옥죄이기만 했다

쉽게 쓰여지는 시를 부끄러워했던
어느 시인의 성찰 앞에서
나는 무엇을 부끄러워해야 하는지를
벌겋게 부푼 궁둥이는 설명하지 못한다

원고지 한 칸도 채우지 못하는
욱신거리는 엉덩이가 칸마다 자물쇠를 걸어
문밖에 검은 활자들이
차곡히 쌓여 제자리를 맴도는데

다시 치통이 욱신거린다

통증엔 길이 없다
길이 없어 모두가 길이다

풍경

대학병원 한 모퉁이 작은 풀밭
지렁이 한 마리
아침이슬 따라 하루를 열다가
길을 잃었다

햇볕이 무심히 그늘을 지운다

익어가는 아스팔트 위
서서히 말라가는 길

어두운 시간들을 수북이 매달고
고개 숙인
휠체어 하나 옆을 스친다

봄, 빛에 취하다

아내의 병실을 나서는
오늘 같은 날은 마음 단장을 하지 말자
감기가 찾아와도 반겨 맞고
마음 속에 굳은살이 깊이 뿌리 내린 나를
한 번쯤 용서해도 좋겠다
누구와 이야기 하면서 그냥 고개 끄떡이며
낯선 손 잡아도 어색하지 않겠다
곱다
예쁘다
아름답다고 마음으로만 그려오던 말들이
옹알이처럼 굴러다니는 오늘 같은 날은
세상과 맞서
나를 지치게 하는 어리석음을 내려놓고
무관심에 두려워하던 짙은 그늘도
빈 풍경으로 남겨두자
아! 아! 찬사의 감탄이 분분이 쏟아져 내리는
저 빛에 취해
그동안 소모시킨 시간들도
설렘으로 스러지게 그냥 두자

〈

얕은 바람도 훔치고 싶은
찬란한 형벌이다

환절기

마음 곁을 스치는 작은 소리에 놀라
유리창 너머로 부지런히 내달리는 시계 바늘을
바라보고 있는 중

언제부턴지
안보이던 것들이 하나 둘 눈에 들어오고
나뭇잎 떨어질 때마다
벌거벗는 바람소리 들린다
으스스해 옷 한 벌 껴입으면 덥고
다시 벗으면 순간 썰렁해지는 지금은
뼈 속 가득 쓸어 담았던 인연도
욱신거리지 않으니
덧칠하고 도려내는 날카로움보다
나뭇잎이 물들어 지는 이유를
그냥
지는 잎으로 바라볼 뿐

만약에

내 삶이 끝나는 날
선해진 시선 아리게 머물 곳 있다면

만약에
내 삶이 끝나기 전
삼일간의 휴가를 준다면
어머니의 자궁으로 돌아가 커튼을 내리고
마지막 죽어가는 세포에
예쁜
추억의 순 돋아나게 할 수 있다면

그 끝에 매달린 당신의 눈물로
당신을 온전히 아플 수 있다면

밥값

아침시간을 뒤적거리다가
소파에 턱을 괴고 앉아 티·브이를 보면서
여성 앵커의 반듯한 차림새에 곁눈질 보내다가
오락 프로를 보고 허 허 웃다가
헤어진 가족 상봉에 찔끔 눈물도 보이다가
믹스 커피를 들고 홀짝이다가
컴퓨터 창을 열고 들어가 고스톱을 치다가
다시 옆방으로 가서
바둑에 훈수 두는 헛짓거리를 하다가
문득
밥벌이와 밥값의 상관관계를 생각하다가
다시 티·브이를 켜고
여의도 반구형 건물로 출근하는 반듯한 사람들
밥벌이는 잘 하는 것 같은데
밥값도 잘 하는 걸까, 고개를 갸우뚱하다가
거울 앞에서 나를 돌아보다가
밥벌이는 못해도 밥값은 해야겠다고
원고지에 밥값이라 쓰고 빈칸을 채우다가
칸과 칸 사이를 건너뛰지 못하고

멍하니 창밖을 보다가

밥값하며 사는 것이
밥벌이하는 것보다 힘들다는 생각을 했다

어떤 피안(彼岸)

눈이 내린다
병원 장례식장 옆 작은 언덕, 마른가지에
까치집 하나 걸려있다
스쳐 지나는 바람이 싸늘하다
어미가 푸드득 날갯짓으로 쌓인 눈을 털어낸다
날갯짓 아래 보이는 까만 눈동자
그 옆에
또 다른 부리가 어미를 쪼고
허공에 걸쳐진 까만 부리들

눈이 내린다
어둠을 쫓는 어미의 날갯짓이 바쁘다

둥근 고리

빗방울이
둥글게 고리를 만들며 내린다

둥근 인연이
낮은 곳으로
더
낮은 곳으로 흐르면서
풀을 누이고
다시 세우고
보듬어
꽃을 피운다

내 눈물 속 둥근 고리가 보인다

콩깍지 사랑

– 어머니

도리깨에 맞아 튀는 콩깍지는
아픈 줄 모른다

콧잔등을 맞아 멍이 들어도
한 톨
두 톨
가늠할 수 없는 사랑 토해 낼 뿐

서걱이는 가슴을 열어
영근 사랑 내어줄 뿐

작시법(作詩法)

　한 겨울인데도 글 꾼들이 모인 자리, 거친 손이 막걸리 사발 속에 잠긴 세상을 휘젓는다. 잠시 후 새끼손가락을 물고 시 한 줄 딸려 올라온다. 한 줄의 시를 밀어 올린 물의 출생을 아는 사람은 아무도 없다. 어느 산속 깊은 암반 밑에서, 혹은 태양과 달 사이를 흐르는 계곡의 어디쯤에서 태어났을 거라는 짐작만 할 뿐 아무도 물의 내력에 관심두지 않는다. 물은 낮은 곳으로 길을 내면서 신생(新生)을 꿈꾼다. 그 꿈은 가장 낮은 곳에서 만나는 평온이다. 바위틈에서 뿌리에게 호흡을 빌려주기도 하면서 전설처럼 자라온 물이 오늘 저녁 아무렇지도 않게 글 꾼들의 술잔에 머물러 스스로 발효된다

　그 꿈을 가늠하지 못하는 얼치기 입맛이
　소금쟁이처럼 막걸리잔 주위를 맴돈다

　새끼손가락을 물고 딸려 올라온 내 글은
　물맛도 모르는 얼치기다

2부

아내를 찾습니다

침묵어 사전

침묵보다 더 좋은 말을 찾지 못해
살아있는 침묵으로 사랑합니다

당신을 사랑하면서
온전히 나를 잃어버린 영혼은
차마, 어디서나 당신을 담아서
고이는 눈물 덜어내지 못합니다

언제나 내 사랑은 침묵이어서
침묵에 익숙하지 못한 그리움을
어쩌지 못하고
어느새 당신 곁을 기웃거리며
당신이 흘리고 간 발자국을 기다립니다

사랑해

가슴으로만 전하는 말

사랑보다 더 아름다운 말을 몰라
그냥
침묵으로 당신을 부릅니다

아내를 찾습니다

아내의 일과는 초승달을 줍는 일이다
앞치마 끝단에 매달린 작은 주머니에
촘촘하게 짠 그물을 치고
장 프랑수아 밀레가 그린 '이삭줍기'의 여인처럼
절망의 지독한 내성으로도 살찌워지지 않는
쭉정이를 주워 담는다

살며시 아내의 가슴을 보듬는다
촉촉함이 배어나던 맥박소리가 뽀송한 건초더미 같다
남아있던 한 방울의 물기마저 무색의 계절에 녹아들
었다
석류처럼 붉어 쫑긋하게 솟았던 유두는
모든 생명이 있는 것들을 유혹했는데
숨소리까지도 그리워하던 사랑의 긴장은 없고
붉은 과즙이 탱글하던 젖가슴엔
까칠한 시간이 소리없이 앉아 있다

아내를 잃어버렸다
시장에도, 세탁소에도, 어디에도 아내가 없다

혼미해진 발걸음이 큰길 옆 동사무소를 지나 집으로
향한다
주저하며 문을 열자 주민등록표 속에 숨어있던 아내가
세탁기에서 건져 올린 자신을 빨래 줄에 널면서
배시시 웃는다
비누 거품에 휩싸여 있던 쭈그러진 시간이
방울방울 마른 웃음소리로 떨어지고 있다

전업주부를 꿈꾸다

도심 한복판 앞서가는 구두의 뒤축이 번쩍거린다
뒹구는 돌조각도 길을 비켜주는, 그 뒤를
머뭇거리며 따라가는 발걸음이 낯설다
도시는 잠시의 주춤거림도 없이
거친 숨으로 내 좁은 어깨를 길가로 몰아낸다
주변의 분주함은
윤기나는 중심에서 나를 밀어 내는 힘에
한 치의 어긋남이 없다
휩싸이지 못하고 추녀 끝 귀퉁이로 밀려 서서
밀려남을 포장한 물러남으로 침묵하는데
애써 다 비운 줄 알았던
비워지지 않는 것들이 길을 막는다
집으로 돌아와
갈비뼈 사이 살 발라내듯
진하게 고여 있던 아픔을 하나씩 발라서 개수통에 던
져 넣고
심호흡 한 방울 수세미에 떨구는데

창문에 기대있던 햇살이
대책 없이 내 안으로 뛰어든다

첫사랑에 관한 작은 보고서

하루 종일 안개비 내리는데
희뿌연 창가에
파리 한 마리 어른거린다

먹먹한 마음이 그 놈을 쫓다가
짐짓 멈춰 서서
간절히 소원한다

그대로 있던가, 아니면
제발
안 보이는 곳으로 도망가기를

내 기원이
허공에서 빙빙 돌더니 파닥이며
파리채의 그림자로 내려 앉는다

탁
파리채 밑에 납작해진 섬

출렁이는 바닷물이 보이지 않는다

원시림 산부인과

숲 길을 따라 들어선 원시림에는
태고를 일으켜 세우는 울음소리가 있다
푸른빛의 신비한 비명소리가 들리고
팽팽하던 긴장을 끊어내자
파란 하늘에 걸린 동굴을 열고
두 주먹으로 하늘을 불끈 움켜쥔 혈거인(穴居人)이
함성을 지르며 뛰쳐 나온다

파닥이는 바람의 날개 짓이 천지를 흔들고
따사로운 햇살에 나뭇잎이 은빛으로 출렁인다

한 낮의 깊은 원죄가
푸석거리는 깃털을 다듬는 저녁나절이면
빗살무늬 같이 촘촘한 상처를 소맷자락에 감춘
벌거벗은 애벌레가 담장을 기어 오른다
금禁줄을 헤집고 다시 자맥질하는 원시림의 오한(惡寒)
지난밤
폭풍우에 가지 상한 나무도
양수가 흐르는 엄마의 붉은 자궁 속으로
뿌리를 뻗는다

자화상

바람을 일으키고도
제 살 떨리는 줄 모르는 바람처럼

하늘을 밀며 흘러도
제 몸 떠다니는 줄 모르는 구름처럼

이글거리며 타올라도
제 몸 녹아내리는 줄 모르는 태양처럼

흔들리고
떠돌고
녹아 내리면서

낙엽진 풀밭 옆에
커다란 거울 하나 장만하는 일

잊혀진 편지

낯선 길머리에서
진한 들꽃 하나 피우며 그 소리 들었네

융단 같던 햇볕이 어느새 까칠해져
저녁 거리에서 편지를 썼네
담쟁이 넝쿨 한 줄
야생화 꽃잎 몇 장
여름 어느 바닷가 태양을 식히는
바람소리 몇 개
그 가슴 떨림에 귀 기울였었네

그리고 지금
내가 앉았던 벤치에서
햇볕과의 짧은 입맞춤

수련

천둥의 찰나에도 설레이며
긴 여름을 감춰온
그녀

부르튼 줄기
끝내 열지 못하고
묻어둔 채

수관따라
켜켜이 채워온
울울한 신음

파란 그리움을 여민다

풀무질

– 아내

그때부터는 내 계절이 아니었다
작은 떨림을 쫓아 흰 눈 덮인 산길로 다가섰을 때
보이지 않게 어깨 짚은 인연은
거부의 몸짓까지 옭아매는 가슴앓이로 다가왔다

이제야 눈에 띄는 사랑 하나 보았다

내 옆에서 아침을 깨우는 숨소리는
내가 사랑하는 아름다운 후회다
후회 뒤에 엎드린 사랑은
감춰진 아픔보다 더 독한 눈물이어서
후회 뒤에 남는 후회는
오늘 아침
나를 일으키는 심장의 풀무질이다

저미도록 가슴 시린 사랑이다

저녁에

다만
당신방의 불을 끌 수 있는 권한만 내게 주고
남은 것은
모두 당신 것으로 해요

지는
노을이 아름답습니다

노을이 지고 촉촉한 별빛이 내릴 때
그때
다시 손 내밀면
내 손 꼭 잡아주면 좋겠습니다

4월, 그 어느 날

— 세월호

봄꽃 눈 뜨는 소리를 찾아
생각없이 나선 날이 있었다

길가 작은 화단 경계를 넘어 고개 내민
키 작은 냉이 꽃을 보다가
생각 없는 발길질에 끊어져버린
꽃 대궁이 걸어 나와
꽃잎과 꽃잎사이를
꽃잎과 뿌리사이를 오가며
길들여진 햇볕을 토해내는 신음 소리를 들었다

귓가를 울리는 아이 울음소리
허공에 꽃 피는 소리, 파란듯 하얀 소리, 집 짓는 소리
무너지는 소리, 새들의 비명소리
누구도 귀 기울이지 않던 소리들이
목울대를 넘어 4월을 비행하고 있었다
빨간 해가 기울어 무겁고 진한 어둠에 죽어갈 때, 나는
육신과 정신이 해체된 후 찾아오는
영혼의 간격과 깊이를 보았다

〉
냉이 꽃 대궁에서 떨어진 별 하나가
파르르 떨고 있던
4월, 그 어느 날

다시, 4월

그리고
다시 4월이다

언제부턴가
헌 책방에 살던 활자들이 죽었다
새들의 날갯짓이 멈춘 하늘이 혼미해지고
가지런히 개어 둔 계절이 붉은 피를 토하는데
속이 쓰려온다
봄비가 온다
술잔이 어제를 풀어 놓고 간다

가고
오는 것이
싹틔우지 못하는 씨앗 같은 무관심이어서
가는 시간으로
오는 봄을 아프게 맞이하는, 나는

나는
다시 4월이다

엘리베이터

간밤에 봄비 내리고
작은 천둥 지나더니, 오늘 아침
사춘기 아래층에
꽃망울이 터졌다

소곤소곤
꽃이 피고 또 피어나고
초경(初經)에 봉긋 담긴 가슴이
벙글 함박웃음을 흘린다

일순, 주변이 소란해지고

빙긋, 밤꽃이 웃는다

저쯤에서 다 그런 거라고

1

보도 부록 사이를 비집고 싹을 틔운 잡초를 보며 그
래도 사는 게 축복이라는 말을 하려는데 저쯤에서 다 그
런 거라며 혀가 안으로 말린다. 지난 밤 티·브이에서 보
았던 아름다운 이야기들이 실눈을 뜨고 주위를 두리번
거리는데 속에 갇혀진 굳은 내 마음이 반갑게 손을 내밀
지 못한다. 오늘의 위세에 주눅이 들어 한 발짝도 앞으
로 나가지 못하고 오늘에 묻혀야 하는 고운 불빛들. 저
쯤에서 다 그런 거라고 어제와 단절된 오늘이 빡빡하다

2

정신 건강한 사람들이 살아가는 귀퉁이에 나도 산다.
그러나 사람들은 자신의 뜻에 반하면 고개를 돌리며 바
보라고 손가락질하며 비웃는다. 그 세상에 나도 바보로
산다. 정말 바보로 살았다. 지난 시간 남의 눈을 빌어
그 눈높이의 역할로 살아오면서 내 숨소리에 공기가 오
염되어 온전히 숨 쉴 수 없는 세상이 되어 버렸다. 저쯤
에서 다 그런 거라고 세상이 나를 구속한다. 온전히 내
생각이다. 헉헉대며 나를 숨 쉬게 하는 공기가 편하게
숨 쉴 수 있게 나는 나였어야 했다

3

 전화기에 저장된 이름들을 하나씩 불러 세운다. 일렬
로 선 그 사이로 내 지난 시간이 지나간다. 한낮의 밝음
때문에 빛의 소중함을 모르고 살아온 어리석음이 깊은
곳에서 비명을 지른다. 아집으로 인한 갈등을 헤쳐 놓아
도 회한만은 신용불량자처럼 남겠다. 이제는 죽기 위해
서 잘 살기를 희망한다. 골목길을 웃으며 지나가는 소녀
들의 가슴에 소담한 목련꽃 봉우리가 봉긋하다. 어머니
가 저쯤에서 다 그런 거라고 이 봄 그냥 웃으라 한다

여물지 못한 시

빈 나뭇가지에 우는 바람이 폴더를 열고
젖은 세월을 읽는다

그 사이 나도 모르게 봄이 갔다
그렇게 여름이 가고
그렇게 또 나뭇잎 하나 지고, 발길에 밟히고
그렇게 바람에 날리고, 허공이 확장되고
그렇게
그렇게 멀리서 천둥소리 들렸다

여물지 못한 속내를 푸른색으로 위장하면서
마른 길을 가는 순례자의 발자국처럼
보이지 않게 속으로만 담아 여물게 했다

괜한 말들을 담아 부스럼을 여물게 했고
힘이 없어 놓아버린 것들이
단절과 분노를 여물게 했다

그리움은 기다림을, 서러움은 눈물을

여름날 소나기는 무지개를 여물게도 했지만
시간은 폴더처럼 접힌 허리를 여물게 했다

울타리에 매달려 떨어질까 긍매면서
한 줄의 행간도 내 맘대로 띄어 놓지 못한 시가
나를 읽고 있다

낮잠

모든 소리들이 제 자리에서 움직이지 않는다
햇빛도 내리다 멈추고
소낙비도 수직으로 서 있다

바오밥 나무가 양지바른 곳에 서서 등을 타고 오르는
칡들에게 어깨를 내주면서 말동무를 한다. 새순 돋는 이
웃에게 겨울 안부를 묻다가 뿌리 맞대며 살다 도회지로
실려나간 이웃이 그리워 진저리를 친다. 해질녘까지 자
기가 친 그물에 걸려 허둥대는 거미를 본다. 꽁무니에 지
난 세월을 매달아 놓고 죽어라고 애를 쓰며 살아 온 선
한 마음이 묵념을 한다. 고개를 들어 건너편 골짜기에서
반짝이는 별 같은 시를 향해 손짓을 하는데 허공을 젓
는 손이 뜨거워진다

기지개를 켜자
무의식이 잠재운 것들이 하나씩 일어나 앙칼지게 소리
를 지르며
햇빛속에 다시 세상을 굴리고 있다

3부

내 몸의 거리

수다

여자의 수다는 존재의 확인이다
카페에서, 길거리에서, 저녁 밥상머리에서
끊임없이 존재를 확인한다
지칠 줄 모르는 수다는 여자의 뜨락이다
여자의 우물이다
죽었다 깨어난들 존재의 확인을 위해
여자가 내뿜는 수다의 깊이를 남자가 이해하겠냐만
존경은 아닐지라도 수다에 눈 흘기지 말라
수다에서 나오는 아름다운 에너지에 시비 걸지 말라
남자는 한 번의 손짓으로 사랑을 하지만
여자는 끊임없는 수다로 사랑을 확인한다
눈길 스치는 그런 사랑이 아니라
살 비비며 완성되는 그런 사랑을 위해
작은 입 해지는 줄 모르는 수다는
오늘도 진행형이니
수다에서 나오는 여자의 숨결에 시비 걸지 말라
쉼표 없는 수다로 확인해온 여자의 사랑을
눈빛으로 지긋이 만져라

경계 허물기

생명줄을 풀어내는 시계가 있다
태엽이 감겨야 숨을 쉴 수 있다는 의식만이
살아있는 건 아니다
의식은 무의식속의 한 점 부표일 뿐
감겨서 채워지는 의식의 그물망에서
의식을 풀어내는 무의식은 더 큰 살아있음이다
무의식의 비워내기는
그물에 걸리지 않는 바람과 같다[*]

혼란이 두려워 억지로 무의식을 묶어놓고
이제는 허방에 빠지지 않는다고
사위(四圍)가 조용해졌다고 우겼었다
팍팍한 가슴을 보듬지 못하고
더 큰 상처를 키우며 그 깊이를
재려하지 않았다
매듭을 더욱 단단히 조여 온 내 의식은
무의식 앞에서 더욱 견고하다

생명조차 비워내는 태엽시계 앞에서

아무것도 버리지 못하는
나는
지금 무엇을 허물려하는가?

* 불교 최초 경전 '숫타니파타'에서 인용

내 몸의 거리

나는 내가 아니었다

내 이름이 없었을 때, 나는
어둠속의 한 마리 정충이었고 지구를 바라보는 외눈
박이 외계인이었고
정박을 꿈꾸는 망망대해의 난파선이었다

고정된 내 이름이 없었을 때, 나는 그냥
꼬리를 반짝이며 지구로의 추락을 꿈꾸는 웅크린 유
성이었다

내 이름을 몰랐을 때, 나는
소유가 없었고
선하고 악한 것도 없어 어디에도 존재하지 않았다

내 몸에 선명하게 문신이 새겨지고 점하나로 존재했
을 때 수많은 다른 점들이 끝없이 이어져 잘 묶여진 매
듭 속에 나는 갇혔고 등나무 넝쿨같이 복잡한 점들은
나를 구속했다. 엉킴 사이를 비집고 나오지 못하고 그

안에 갇혀 나는 나를 소유하지 못했다. 잠깐 동안 내게
새겨진 문신을 내 것이라고 너무 쉽게 생각했을 때 청맹
과니가 되어가던 내 눈은 점으로도 남겨지지 않는 문신
을 보지 못하고 다시 희미해져, 그 후 나는 어디에도 존
재하지 않았다

　내 몸의 거리 저쪽
　문신이 지워졌을 때, 나는
　온전히 내가 될 수 있었고 비로소 점点 밖에서 편안할
수 있었다

술 한 잔 합시다

생선 가시처럼 발라내야 할 것들이 많은 세상에 가로
등이 힘겹게 어둠을 쪼아낸다. 하루를 일으켜 세우다 지
친 살 냄새들이 다리를 절뚝이며 모여드는 주름진 골목,
시퍼렇게 날 선 대낮의 꼭대기에서 죽지가 부르튼 깃털
들이 빈 하루를 탁자위에 내려놓는다. 작두를 타듯 아
슬아슬하던 하루가 깨어지는 건 언제나 이 시간이다. 딱
딱한 견과堅果속에 갇혀 있던 굳은살들이 빠르게 토막
를 한다. 혈관 질환으로 꽉 막혔던 협심증이 맨 먼저 하
루를 깨며 튕겨 나오고, 허리춤에 동여매 둔 불뚝심지도
큰 기침으로 눈알을 번뜩인다. 세상을 가재미눈으로 기
웃거리던 시선들도 정면을 응시하고

술잔에 한숨이 고봉으로 채워지면
×××새끼도 18 사장님도 ……
하도 많아 다 쓰지 못한
수많은 ××× 들의 하얀 뼈가
뒤틀린 쪽문 앞에 나뒹굴고
이때를 기다려
뽀송뽀송한 어둠이 소리친다

봄

이제는 지워지는 듯
그러나
석주(石柱)처럼 깊게 뿌리 내리며
새순으로 돋아나
다시 나를 일으켜 세우는

오라를 질
저, 저놈의 봄볕은 언제나 붉은 빛이다

지난 그림자를 다독여
가슴속 장막을 걷어 내면
초경(初經)의 설렘으로 돌아와
새롭게
보석 같은 빨간 우체통으로 서서

다시 열리는

봄, 일어나다

정지된 수관(水管)에도 오롯한 호흡이 있다

아주 먼 곳으로부터
동파되어 흐르는 아픈 시간을
가늘게 이어온 붉은 숨소리

지난 밤 생각의 들숨 따라 훔치듯 들어와
안개비 한 방울에
표피를 찢으며
수줍게 내미는 꽃

이제
눈물의 틈을 열고
봄을 일으켜 세우는
저 눈시울

나를 태질하게 하는,

봄이 아름다운 건

지난 늦가을
작은 새의 부리가 토해 놓은 언어
그 말을 알아듣지 못했다

달빛조차 돌아눕던 밤
온 몸을 울리던 통증이
모두가 눈물인줄 알았다

오늘
차가운 시간이 침묵의 고름을 풀자
윤기 나는 속살로 다가오는
저 벅찬 빛

겨울이 내려놓은 겨울 때문에
봄은 아름답다

탑골 공원에서

맑은 햇살에 속적삼을 풀고
그늘진 시간을 널어놓는다
겹겹의 주름에 스며든 기억이 고여
앞가슴이 봉긋하다

빛바랜 플라스틱 의자에 검버섯이 피었다
가슴을 뜨겁게 달구던 분홍색 언어들
언제부턴가
그 떨림의 향기가 푸석하다

먼지 나는 향기를 뒤적이며
간수하고 싶은 시간들을 양지에 개켜 놓는데
바쁜 걸음들이
그 옆을 스쳐간다
발자국 따라 지난 그림자를 올려놓고
굽은 등을 세워 먼 산을 보는데

햇살 그림자를 지우던 산은
언제나
멀리, 봄이다

아지랑이

겨울나무는
흐려지는 발자국에 뿌리를 걸쳐놓고
인적 끊긴 침묵으로 서서
운다

그리움을
가슴 속 화두로 가둬 놓고
한 겨울 바람에 제 몸 가누지 못하고
맨살 부비며 서 있다

봄은, 돌아보는 시간의 가운데 서서
저 홀로
수관(水管) 속 정지된 호흡을
일으킨다

장례식장에서 1

햇빛이 내게 묻는다

정말
내 안에
얼마만큼 꽃봉우리가 있었는지

마음 닿았던 자리마다 느낌표를 두지 못하고
분노하고 포효하며
가슴 깊숙하게 꽂아둔 날 세운 언어들

물음표를 앞세워
빠르게 작동하는 와이퍼같이
햇빛을 지우고,

마주 보는 상복의 계절이 더욱 검다

장례식장에서 2

한 번의 호흡이
그만큼의 죽음이라는 걸 담고 살았다

지금 지상에서 숨 쉬는 것들은
소주잔 앞에서 장황하게 바람을 이야기한다

또 누군가는
입으로만 넘치게 정을 담아낸다

갈래진 길에서 어떤 숨 멎으면
그 자리
또 다른 발자국이 선명해지고
그리고
한 번의 호흡이 더 가벼워지겠다

노을에게 길을 묻다

한줌 오후의 햇살이 머무는 국도변
풀밭을 향한 순한 사슴의 눈망울에
노을이 스민다

지난날 각진 뿔로 초원을 내달리던
존재에 대한 확인은 되새김으로 길어 올려
서쪽을 바라보는데

지난 시간을 꾸밀 줄도 모르고
오늘을 잘게 썰어 짝 맞출 줄도 모르는
뿌연 지평선너머로
이제는
길을 물어야 한다

뒤돌아보기

채우고 채워져서 스스로 빛났으면 좋겠다
찬바람 앞에 서서 설렘으로 뭔가를 기웃거리는데
스스로 빛나기를 바랐던 오만한 생각이
지워지지 않는다
지난밤 밀어내 둔 잠들을
하나씩 세워 책갈피에 끼워 넣는데
보일러 돌아가는 소리가 멈췄다
고마움을 밀어낸 무관심이 재빠른 손으로
따뜻함을 쓸어 담는다
수리를 부탁하는 전화를 끊고
식어가는 찻잔을 바라보는데
시간이 지나면서
식어가는 것이 찻잔속의 차만이 아니란 걸 본다
서늘해져가는 시간에
눈길 주어야 하는 것들이 보인다는 게
고마운 일이란 생각을 하는데
초인종이 울린다

열린 문 앞에
햇빛 한줌 웃으며 서 있다

부고

아침에 기지개를 켜는데
삶의 축에서 기울어진 소식 하나가
내게 도착했다
소식을 깨워 속살을 만져본다

깊게 패인 주름이 글자마다 선명한데
마침표만 흐릿하다

중심에서 기우는 일이란
주름이 마침표쪽으로 등을 돌리는 일

그 경계, 밋밋하다

고드름

그립다는 게
하루하루 낯 설어져

서늘해지는 마음이
스산한 언어들만 세우는데

해질녘
처마 끝에 매달린 흐느낌 하나

저기
위태로운 느낌표 하나

4부

설독이 천공을 만든다

혀

혀의 성장판이 멈췄다
마음속 상처가 더 이상 덧나지 않고
제 자리를 맴돈다
기쁨이, 열정이, 아픔이
앉은뱅이 혀 밑으로 주저앉았다
넘지 못하는 말의 한계가 또렷하다

그래서
꿈을 꾼다

내가 쓴 한 줄의 글이
그 글의 그림자에 귀 기울일 때
나 아닌 내가 매달려온 시의 절벽 앞에
참 부끄럽게 서 있는 나를 발견한다

그때
내 혀는 새로운 맛을 찾아 나선다

설독이 천공을 만든다

처마 끝 외등이 어둠을 밀어내면
외등에 익숙해진 그 집에도 저녁이 익어
애면글면 거리를 뒹굴던 이야기들이
세차게 미닫이를 열어 젖힌다
선택은 사치라는 걸 이미 아는 사람들은
빗겨 쓴 한줄 차림표를 흘겨보는데
무거운 침묵을 연탄불에 올려놓고
찬바람을 데우던 사람들은 구석진 곳에서
뒤따라온 시간들을 무두질을 하고 있다
외등의 빛이 익히는 술 따르는 소리에
어설픈 설독(舌毒)이 시작되고
방향잃은 설독이 위 한쪽을 도려내는 천공(穿孔)을
만들어
하루를 반추하는 아픔을 일으켜 세운다

술잔이 이렇게 아파서는 안 된다

뜨거운 신음으로
마른 목젖을 적시는 오늘은

잃어버린 꿈을 슬며시 손잡아 일으켜 세우는
오늘이어야 한다

늦은 저녁의 팔소매를 걷어붙인 거친 손마디가
내일을 일으켜 세운다

태안 기행

— 염전

안흥진성(安興鎭城) 알몸으로 해풍을 막아내고
자드락에 초롱꽃 웃음소리 들리는데
잊혀진 발자국을
흰 갈매기가 물고간다

흰 날개를 떠밀며 밀려오는 파도소리
오가며 으깨어진 포말의 눈물이
얼마나 많았으면
바다는 날마다 하얀 소금 빚어낼까

꽃의 태엽

파도는 울고 있었다
사각거리며 파고드는 아픔으로
삭여야 할 어둠으로
바람 불때마다 스스로 제살 때린
시퍼런 멍으로 울고 있었다

태엽이 깊숙이 감기기 전
그 설렘은
뒷산 오르는 길섶
양귀비 붉은 선혈

약속을 세워
어느 물결에도 지워지지 않을 이름
다시 써놓고
어그러진 파도 불러 옆에 세우면
하얀 울음 멍하니 뒤따라 와서
토해 놓는
붉은 노을

가을

나무를 올려다본다
시간이 순간의 경계를 넘어와 매달려 있다
상수리나무가 열매 한 알을 떨군다

콕 찌르면 객혈이라도 할 것 같은
붉은 잎에 머물러 빛나는 지난 시간들

건드리면
영근 녹음을 토해낼 것 같은 파란 하늘에
부스럼 돋아나듯
몽글 피어서 가는 구름

구름의 알몸을 잡으려는
저 투명한 계절이 아프다

흘러가는 것도
지는 것도 그냥, 가을엔
병이다

아내의 병실에서

거미줄 같은 커튼을 비집고
아침 햇살이 하얀 침대위에 잠시 머문다

부신 빛에
푸른 빈혈도 절뚝이는 지금

나는
나에게서 무엇을 도려내야 하나

무엇을 덮고
또 무엇을 질문해야 하나

얼룩진 시간들이
저 가을 너머 묵음(黙吟)으로 저무는데

거울 앞에서

늦가을을 잡아 놓고
마음 아파하며 침묵할 필요는 없다

이 가을이
새싹 움트고 꽃 피는 것이 봄비 때문이냐고
물어 볼 이유도 없고
가슴속 부끄러움 채 가시기 전에
꽃잎 떨궈 내는 꽃들의 사연을
설명할 필요도 없다

지는 꽃은 지는 대로 보고
그저 그렇게 보내면서
달의 웃음과
달의 눈짓과
그 눈짓에 이끌려 저마다의 몸짓으로
성급하게 가버리는 것들에게
물음표를 던질 필요는 없다

달이 지나며 흘리는 작은 몸짓이 눈물되는 걸

모른 척
지는 것들은 지는 대로 그냥 보내자

기운 날개가
거울 앞에서 언뜻 스치는

하얀 편지

산길을 간다

하얀 찔레꽃이
'안녕 하세요'
마른 편지를 쓴다

'안녕 하세요'
거북등처럼 갈라진 답장이
마른 가지에 걸린다

나무들은 한 번도 어색한 기색 없이
흩어지는 하얀 말들을 건네며
서로가 푸르다

실비라도 내리면
저 하얀 말들도 넉넉히 젖겠다

목욕탕

문득
동굴 속에 가고 싶었다
동굴에 사는 원시인들이 보고 싶었다

그곳엔
부산하게, 그리고 조용히 바람에 흔들리면서
진실과 가장 가까이 마주선 원시인들이
자신을 까발려놓고
지난 시간의 부끄러움으로
제 얼굴의 어둠을 밀어내고 있다

하루 종일 돌무덤 속에 갇혀 있다가
밖으로 나오자
개미떼들의 긴 행렬이 어디론가
기어가고 있었다

겨울나무

나무는
가장 아름다울 때 자신의 전부를 밀어내며 나무가 된다

여름이 지나면
수직으로 내리는 햇빛에 붙어 있다 떨어져 내린
잎 넓은 하루가 사방으로 길을 낸다

바람에 찢기고 벌레에 물리면서
어떤 하루도 온전하지 못했던 시간들

돌에 찧은 손톱처럼 아린 날들이
하늘로 촉수를 세워 요동치며 나이테를 키웠지만
멍은 더 크게 자라나
지상 어디 한 곳 몸 누일 데 없다

이제는
작은 저항도 없이 어색하지 않게 서서
나이테를 지우며 무성함에 연연하지 않는 나무는
가장 아름다울 때
자신의 전부를 밀어내며 나무가 된다

하얀 눈물

눈이 온다
아무 느낌없이 쌓이는 눈을 뭉쳐 어우르자
과녁이 생겨났다

낯선 길 앞에서
파도처럼 출렁이는 감정의 몸짓이 부르짖던
날 선 원망들

눈을 던진다

이제는
과거를 하얗게 여과시켜 편편이
곱게 내려놓으며
박제가 된 시간들이 흘리는

하얀 눈물

봄, 눈 내리다

겨울 앞에 선 봄이 수줍다

가슴 파던 바람에 눈 흘기면서
빙판 위를 절뚝이며 걸어온, 저
아팠던 것들
쓰라린 것들
사랑받지 못한 것들, 기다리다 지쳐
가버린 것들
오르지 못하고 무겁게 주저앉은 것들
에게
봄이 앞가슴을 풀어 안부를 묻는다

겨울이 흔적을 지우듯
하얗게 정제된 봄을 뿌린다

산 길
산새 발자국이 가즈런하다

오늘 하루

창가에 기대서서 솟는 해 불러놓고
밤새도록 설익은 시 한줄 데우면
지난밤 어둠이 찻잔 속에 익는다

한낮이 곰삭은 태양보다 붉은 노을
달군 몸 천천히 어둠속에 풀어 놓으면
이슬 맴도는 눈가에 자라나는 초승달

차디 찬 달빛이 가슴뼈를 들춰내어
함부로 숨을 곳도 찾지 못한 하루가
하얀 뼈 드러내며 새벽으로 눕는다

길

큰 길 비켜선 주름진 골목 끝에
목수 김 씨의 작은 목공소가 있다
그냥 붙박이가 되어 움직이지 않는
미닫이 문짝 안에는
어제의 족적으로 붉어진 팔뚝이
주름 접힌 시간들을 수북이 쌓아 놓았다

날선 바람이 아프게 깎아낸 영혼이다

대패질에 이골이 난 김씨는
오늘도 아침부터 파랗게 날이 선 톱으로
새벽어둠을 썰고
옹이진 영혼을 대패로 밀어내고 있다
밤새 혈관을 흐르던 알콜이 밀어낸 만큼의 취기가
명치를 짓누른다
수북하게 쌓여있는 먼지를 털듯
골목길을 나와 해장국집을 기웃거리는데
해장술 한잔으로 풀어지는
녹녹한 시간이겠냐며

지난 시간 깊은 곳에서 울리는 길

꼬여버린 신경 줄을 다시 풀어내야 한다

소주잔을 기울이며
또 다른 해장을 꿈꾸는 김씨 옆에
각목 몇 개 하늘로 곧추 서 있다

건배

새싹 하나가
살포시
지구를 들어 올린다

어리석고
어리석고
어리석은 인간들은

허공만 들어 올린다

야근

작업복 깃 속에 지난 밤을 묻고
흘러내리는 시간을 작업화로 꽁꽁 동여 맨 사내가
버스정류장 나무 의자에 비스듬히 앉아
실눈으로 힘겨운 지난 시간을 가늠하고 있다

살면서 바란 건
목마를 때 목축이고
배고플 때 밥 먹고
아래 도리 뿌듯할 때 손톱 끝에 분홍색 물들이고 싶은
그것 밖에 없었는데
다만 그것 밖에 없었는데……

일상의 시간을 희롱할 수 없는 비범한 시간들이
흐린 하늘을 싣고 가는 트럭의 꽁무니에
작업복으로 힘겹게 매달린 아침

집으로 가는 버스는 아직 오지 않고 있다

거울의 눈으로 세상과 존재 바라보기

박남희(시인, 문학평론가)

1. 거울의 눈과 시적 상상력

거울에도 눈이 있을 것이라는 엉뚱한 생각을 하면서 이 글을 시작한다. 그것은 김용의 시 곳곳에 거울의 상상력이 존재하기 때문이다. 그의 시에 '거울'이라는 단어는 직접적으로 그리 많이 등장하지는 않지만 시인만의 내성적(內省的) 거울이 그의 시 도처에 숨어있다. 그러므로 그의 시를 읽는 일은 거울의 눈으로 세상과 존재를 바라보는 일이다. 그의 시에는 과거를 바라보는 거울이 있는가하면 자신의 존재성을 들여다보는 거울이 있고, 통증이나 죽음이라는 부정적 삶의 기재로서의 거울이 등장하기도 한다. 이처럼 김용의 시에는 다양한 종류의 거울이 등장한다. 윤동주가 그의 시를 통해서 부끄러움의 거울로 세상을 바라보았듯이 김용의 시인 역시 그의 시 도처에 부끄러움으로

서의 거울이 산재해 있다.

본래 시인은 거울을 보듯 세상을 보는 자들이다. 시인은 시를 읽을 때도 거울을 보듯 읽는다. 그러면 시가 거울이 된다. 그러면서 시인 자신도 거울이 된다. 스스로 오롯한 거울의 눈을 갖게 된다. 시와 시인은 상호텍스트적 존재로서 서로가 서로를 바라보는 거울이다. 그런데 거울의 세계는 현상 세계와는 다른 세계이다. 그 속에는 허상이 존재한다. 그것은 거울의 눈이 겹눈으로 되어있기 때문이다. 거울을 일그러뜨리면 세상이 일그러져 보인다. 그러므로 거울의 공간은 유동적 공간이다. 시적 상상력은 거울의 눈으로 바라볼 때 드러나는 증폭된 시공간의 모습이다.

밤새 퉁퉁 부어오르는 치통을 깨물다가
아침에 눈을 뜬다
지난 밤 궁둥이에 진물이 나도록
원고지 칸마다 치통을 채워 넣어도
생각은 점점 검은 철창을 옥죄이기만 했다

쉽게 쓰여지는 시를 부끄러워했던
어느 시인의 성찰 앞에서
나는 무엇을 부끄러워해야 하는지를
벌겋게 부푼 궁둥이는 설명하지 못한다

원고지 한 칸도 채우지 못하는

욱신거리는 엉덩이가 칸마다 자물쇠를 걸어

문밖에 검은 활자들이

차곡히 쌓여 제자리를 맴도는데

다시 치통이 욱신거린다

통증엔 길이 없다

길이 없어 모두가 길이다

– 「통증엔 길이 없다」 전문

　인간은 자신의 앞에 어려움이 닥쳐야 비로소 자신의 내면에 있는 반성적 거울 기재를 작동한다. '통증'은 다른 말로 '아픔'이나 '고통'으로 표현하기도 하는데, 통증은 일상적 관습적 시간에 침윤되어 있던 우리의 의식을 깨워 새로운 각성의 계기를 마련해주기도 한다. 시인의 통증은 외형적으로는 치통이지만, 내면적으로는 시 쓰기의 어려움에서 나오는 괴로움을 중의적 의미의 통증의 범주에 넣을 수 있다. 시인은 이러한 통증을 욱신거리는 엉덩이의 통증과도 연결시키고 있다. "지난 밤 궁둥이에 진물이 나도록/

원고지 칸마다 치통을 채워 넣"는다는 표현을 통해서 우리는 이 시의 '치통'이 단순히 아픈 이에 한정되는 것이 아님을 알 수 있다. 그는 쉽게 쓰여지는 시를 부끄러워했던 윤동주의 시적 염결성을 자신의 문학적 거울로 삼고 있다. 4연에서 "다시 치통이 욱신거"리는 것은 필연적으로 그의 시 쓰기와 연관되어 있다. 따라서 "통증엔 길이 없다"는 시인의 고백은 '시 쓰기엔 왕도가 없다'는 의미로 읽혀진다. 시 쓰기에는 특별한 공식은 존재하지 않지만 무한한 상상력 속에 무수한 길이 펼쳐져 있다는 점에서 "모두가 길이다".

문을 닫았다
미처 빼지 못한 손가락이 문틈에 끼어
손톱 밑이 금방 시퍼래 진다
아픈 오후를 지나 검게 죽어 잠자는 손가락을 본다

안으로만 굳어가는 나만의 이야기에 짓눌려
길을 헤매던 마음이
천둥소리에 소스라쳐 깨어난다
조각조각 낯 선 길이 보인다
새로운 길이다
세월은 많은 길을 지우고 갔지만

다시
희미하게 보이는 새로운 길을 따라
문자들의 밝은 그림자를 세운다

새 살이 돋아나려나보다
근질거리는 손가락이 환하게 웃는다

　　　　－「잉크」 전문

이 시는 제목부터 메타시적이다. 화자는 문을 닫다가
문틈에 손가락을 찧어 금방 시퍼렇게 멍이 든다. 그 손가
락은 겉으로 보기에는 검게 죽은 손가락이지만, 손가락을
찧는 아픔은 돌연 "나만의 이야기에 짓눌려/길을 헤매던
마음"을 환기시켜 자아를 새롭게 깨어나게 한다. 화자는
손가락을 찧는 아픔의 크기를 '천둥소리'로 표현한다. 그
런데 이것은 단순히 아픔의 크기 뿐 아니라 각성의 계기가
되어 화자를 흔들어 깨운다. 각성한 화자는 "조각조각 낯
선 길" "새로운 길"을 발견한다. 그리고 "희미하게 보이는
새로운 길을 따라/문자들의 밝은 그림자를 세운다". 화자
가 희미하게나마 시인의 길을 발견한 것은 '통증' 덕분이
다. 이 시의 '통증' 역시 각성을 위한 반성적 거울로서의
의미를 지닌다.

앞의 시에서 시인은 "통증엔 길이 없다"고 했는데 이 시에서는 희미하게나마 새로운 길이 보인다고 진술하고 있다. 상호 모순되는 것처럼 보이는 이러한 진술은 앞의 시의 "길이 없어 모두가 길이다"는 역설적 화두가 문제를 해결해준다. 시를 쓰는 일은 '없는 길' 위에서 '새로운 길'을 발견하는 일이기 때문이다.

　　어제의 시간만큼 흰 뼈들이 쌓였다

　　지난밤 또렷하게 깨어서
　　호흡을 거칠게 짓누르던 시간들이
　　말 같지 않은 말
　　글 같지 않은 글로 장난치지 말라며
　　잠시의 기다림도 없이
　　막무가내로 내 감정을 칭칭 동여매었다
　　하지만
　　움직일 수 없는 감정의 틈바구니를 비집어
　　나는 오늘도 싸우면서, 할퀴면서
　　웃으면서
　　내가 만든 계단을 숨가쁘게 오른다

　　하나, 둘 가쁜 숨을 가다듬어

마음속 주름진 내력을 펼치려는데

친구의 부고訃告가 초인종을 누른다

―「편지」 부분

시를 쓰다보면 어제의 시간만큼 생각의 흰 뼈들이 쌓인
다. 여기서 '흰 뼈'는 죽음의 흰 뼈인 동시에 재생의 흰 뼈
로서 고뇌의 시간을 상징한다. 그의 고뇌는 "말 같지 않은
말/ 글 같지 않은 글"에 대한 부끄러운 자의식에 기인하는
데, 이러한 자의식은 늘 시인의 감정을 칭칭 동여매어 시를
쓰는 일을 어렵게 만든다. 하지만 화자는 그래도 "싸우면
서 할퀴면서/웃으면서" 자신이 만든 문학의 계단을 숨가
쁘게 오른다. 그런데 그에게 시를 쓰는 일이 어려운 것은
현실이 그의 발목을 잡기 때문이다. "가쁜 숨을 가다듬어/
마음속 주름진 내력을 펼치려는데/ 친구의 부고가 초인종
을 누른다".

전체적인 내용을 감안해서 시를 읽으면, 이 시의 제목
'편지'는 이중적인 의미를 지닌다. 그 하나는 시인의 자의
식이 보내는 편지이고, 다른 하나는 현실이 보내는 편지이
다. 둘 다 시인이 시를 쓰는데 안티테제로 작용하지만 결
과적으로는 시인으로 하여금 시를 쓰게 하는 동인이 된다.

2. 메멘토 모리로서의 거울, 혹은 생명과 사랑의 화성학

죽음은 삶의 반면 거울이다. 우리는 일상에서 죽음을 잊고 살다가 문득 가족이나 주위의 죽음을 통해서 삶의 의미를 새롭게 깨닫는다. 옛날 원정에서 승리를 거두고 개선한 로마의 장군이 시가행진을 할 때 노예들을 시켜서 큰 소리로 외치게 했다고 전해지는 '메멘토 모리(Memento Mori)는 죽음을 기억하라'는 의미를 가지고 있다. 여기서 메멘토 모리는 죽음을 환기시켜서 더 나은 삶을 기약하려는 반성적 거울로서의 의미가 강하다. 그런데 김용의 시 도처에 보이는 '죽음' 역시 이와 무관하지 않다.

햇빛이 내게 묻는다

정말
내 안에
얼마만큼 꽃봉우리가 있었는지

마음 닿았던 자리마다 느낌표를 두지 못하고
분노하고 포효하며
가슴 깊숙하게 꽂아둔 날 세운 언어들

물음표를 앞세워

빠르게 작동하는 와이퍼같이

햇빛을 지우고,

마주 보는 상복의 계절이 더욱 검다

　－「장례식장에서 1」 전문

　우리의 인생에 있어서 죽음만큼 살아있는 이의 삶을 반성적으로 돌아보게 하는 사건도 없다. 생과 사의 문제는 일찍이 신라시대 월명사가 죽은 누이를 위해 지어 불렀다는 향가 제망매가에도 나타나 있듯이 살아남은 자로 하여금 인간의 삶의 본질이 어디에 있는지를 깊이 있게 질문한다. 위의 시는 '장례식장에서'라는 무거운 제목을 가지고 있음에도 '햇빛'이나 '꽃봉우리' 같은 생명적 이미지가 주류를 이루고 있다. 이것은 화자가 죽음의 문제를 단지 죽음에 국한시키지 않고 삶에 대한 반성적 거울로 바라보고 있기 때문이다. 시인이 또 다른 시 「장례식장에서 2」에서 "한 번의 호흡이/그만큼의 죽음이라는 걸 담고 살았다"고 진술하고 있는 것도 삶과 죽음이 서로 반대되는 개념이 아니라 서로를 품고 있는 상보적인 개념임을 말해준다. 장례식장에서 생명을 상징하는 대표적 이미지 중의 하나인 '햇빛'이 화자에게 자신의 안에 얼마만큼 꽃봉우리가 있었는지를 묻고 있는 것은 의미심장하다. 여기서의 꽃봉우리는 3연의 '마음 닿았던 자리마다' 두었어야 할 '느낌표'로 은유되고 있는데, 여기서의 느낌표는 '따뜻한 사랑의 마음' 정도로 해석해 볼 수 있다. 하지만 현실은 이와는 정 반대로 "물음표를 앞세워/빠르게 작동하는 와이퍼 같이/햇빛을 지우고//마주 보는 상복의 계절"을 더욱 검게 만들고 있다.

> 지난 늦가을
> 작은 새의 부리가 토해 놓은 언어
> 그 말을 알아듣지 못했다
>
> 달빛조차 돌아눕던 밤
> 온 몸을 울리던 통증이
> 모두가 눈물인 줄 알았다
>
> 오늘
> 차가운 시간이 침묵의 고름을 풀자
> 윤기 나는 속살로 다가오는
> 저 벅찬 빛

겨울이 내려놓은 겨울 때문에

봄은 아름답다

– 「봄이 아름다운 건」 전문

　봄부터 가을까지 생동하던 것들도 겨울이 되면 활기찬 생명의 기운을 놓아버리고 죽음을 맞이하거나 동면의 상태에 이른다. 하지만 계절은 겨울에 머물러 있지 않고 순환하여 또 다시 생동하는 봄을 우리에게 선물해준다. 이 시의 첫 연 "지난 늦가을/작은 새의 부리가 토해 놓은 언어" 역시 전체의 문맥을 감안해서 해석하면 겨울이 지나면 새로운 봄이 오리라는 전언 같은 것으로 짐작된다. 2연의 "달빛조차 돌아눕던 밤"은 3연의 '차가운 시간'과 더불어 생명이 더 이상 활기차게 뛰놀 수 없는 겨울을 상징한다. 하지만 "차가운 시간이 침묵의 고름을 풀자/윤기 나는 속살로 다가오는" 벅찬 빛, 즉 봄빛을 통해서 아름다운 생명의 계절이 다시 펼쳐지게 되는 것이다. 시인은 이러한 변화를 "겨울이 내려놓은 겨울 때문에" 가능하다고 말한다. 이것은 생과 사의 "갈래진 길에서 어떤 숨 멎으면/그 자리/또 다른 발자국이 선명해지"(「장례식장에서 2」)는 생명의 순환원리와 무관하지 않다.

　김용의 시인은 죽음의 슬픔이나 허무에 머물러 있지 않

고 적극적으로 생명을 탐구하는 시인이다. 그의 시에 사랑과 생명에 대한 시가 많은 것이 이를 증명한다.

이제는 지워지는 듯
그러나
석주(石柱)처럼 깊게 뿌리 내리며
새순으로 돋아나
다시 나를 일으켜 세우는

오라를 질
저, 저놈의 봄볕은 언제나 붉은 빛이다

지난 그림자를 다독여
가슴속 장막을 걷어 내면
초경(初經)의 설렘으로 돌아와
새롭게
보석 같은 빨간 우체통으로 서서

다시 열리는

−「봄」 전문

우리가 봄을 기다리는 것은 그 안에 재생의 새싹이 숨겨져 있기 때문이다. 겨울이 되어 지워졌던 것들도 봄이 되면 신기하게도 새롭게 피어난다. 시인은 봄에 새순이 돋아나는 것을 단순히 자연현상으로만 보지 않고 시인 자신을 다시 일으켜 세우는 생명과 사랑으로 감지한다. "봄볕은 언제나 붉은 빛"이라든가 "초경(初經)의 설렘으로 돌아와/새롭게/보석 같은 빨간 우체통으로 서서// 다시 열리는" 봄이라는 표현은 시인이 봄을 사랑의 회복과 연관지어서 새롭게 바라보고 있다는 것을 알게 해준다. 그런데 시인이 2연에서 봄볕을 "오라를 질" 봄볕으로 기술하고 있는 것은 포승줄에 묶이는 것 같은 사랑의 운명적 속성을 강조하기 위한 것이다. 이러한 사랑의 속성은 "지난밤 생각의 들숨 따라 훔치듯 들어와/안개비 한 방울에/표피를 찢으며" "나를 태질하게 하는"(「봄, 일어나다」) 봄의 구속력과 무관하지 않다. 시인은 이러한 사랑의 구속력을 불편해 하지 않고 적극적인 긍정의 자세를 보여준다. 그리하여 시인은 "찬사의 감탄이 분분이 쏟아져 내리는/저 빛에 취해/그동안 소모시킨 시간들도/설렘으로 스러지게 그냥 두자"(「봄, 빛에 취하다」)고 제안한다. 그는 기꺼이 사랑의 '찬란한 형벌'을 감수하고 싶은 것이다.

3.경계 허물기와 내려놓기로서의 시

일반적으로 우리가 시의 언어적 특성을 이야기 할 때 1) 경계의 언어 2)일탈의 언어 3)역설의 언어를 이야기 한다. 경계의 언어는 현실과 상상(이상), 의식과 무의식, 외연과 내포, 서사와 묘사 등이 서로 길항하면서 긴장감을 느끼게 해주는 언어작용을 말하고, 일탈의 언어는 관습적 언어로부터 탈출하여 낯설게 표현하거나, 관점을 일탈하여 다르게 보거나, 발상의 전환을 통해서 새롭게 생각하려는 노력을 의미하고, 세 번째 것은 '시의 언어는 역설의 언어'라고 한 신비평인 브룩스의 말처럼 시가 가지고 있는 아이러니적 속성을 가리키는 것이다. 김용의의 시에는 이 중에서 특히 '경계의 언어'로서의 특성이 보다 선명하게 드러나 있다.

>생명줄을 풀어내는 시계가 있다
>태엽이 감겨야 숨을 쉴 수 있다는 의식만이
>살아있는 건 아니다
>의식은 무의식속의 한 점 부표일 뿐
>감겨서 채워지는 의식의 그물망에서
>의식을 풀어내는 무의식은 더 큰 살아있음이다
>무의식의 비워내기는

그물에 걸리지 않는 바람과 같다

혼란이 두려워 억지로 무의식을 묶어놓고

이제는 허방에 빠지지 않는다고

사위(四圍)가 조용해졌다고 우겼었다

팍팍한 가슴을 보듬지 못하고

더 큰 상처를 키우며 그 깊이를

재려하지 않았다

매듭을 더욱 단단히 조여 온 내 의식은

무의식 앞에서 더욱 견고하다

생명조차 비워내는 태엽시계 앞에서

아무것도 버리지 못하는

나는

지금 무엇을 허물려하는가?

－「경계 허물기」 전문

　　인간은 스스로를 보호하기 위해서 심리적으로 담을 쌓거나 경계를 설정하여 타자로부터 자신을 분리하기도 한다. 하지만 이러한 태도는 사회적 동물인 인간이 세상과 소통하면서 살아나가는데 있어서 바람직한 결과를 가져

다주지 않는다. 우리 주변에는 흔히 세대 차이를 느끼거나 정치적 성향이 지나치게 편향되어 있어서 스스로를 경계 지어 고립시키는 경우가 있다. 이러한 경계는 대타적 차원의 경계이지만 자아 스스로 느끼는 내면적 경계로 인해서 스스로 고민에 빠지거나 고통을 느끼는 경우도 많이 있다. 위의 시에 나타나 있는 경계는 자아 스스로 느끼는 내면의 경계에 가깝다. 화자는 욕망에 집착하는 의식과 그것을 비워내려는 무의식 사이에서 고민하는 분열적 자아의 불균형을 문제 삼고 있다.

화자에 의하면 인간에게는 "생명줄을 풀어내는 시계"가 있다. 이것이 일종의 생체시계를 가리키는 것이라면 "태엽이 감겨야 숨을 쉴 수 있다는" 생각은 '의식'의 영역에 속한다. 시인은 아마도 인간의 육체나 의식을 아날로그에, 정신이나 무의식을 디지털에 견주어서 설명하고 싶었는지도 모른다. 일반적으로 인간은 육체나 의식을 중요시하지만 화자는 무의식을 더 크고 중요한 것으로 보고 있다. 그리하여 시인은 "의식은 무의식속의 한 점 부표일 뿐/감겨서 채워지는 의식의 그물망에서/의식을 풀어내는 무의식은 더 큰 살아있음이다"고 하여 의식조차 무의식에 의해서 움직여지는 마음의 작용으로 보고 있다. 이 시를 전체적인 기조에서 읽어보면 의식은 욕망에, 무의식은 비워냄에 더 큰 비중이 있음을 알 수 있다. 화자에 의하면 무의식보다 의식에 기댈수록 더 큰 혼란과 상처를 키우는 결과를 낳게 된다. 하지만 현실에서는 무의식보다는 의식이 더욱 견고하게 자신을 통제하고 있다. 그리하여 화자는 자신의 반성적 거울 앞에 "지금 무엇을 허물려하는가?"라는 질문을 중요한 화두로 던져 놓는다.

　　나는 내가 아니었다

　　내 이름이 없었을 때, 나는
　　어둠속의 한 마리 정충이었고 지구를 바라보는
외눈박이 외계인이었고
　　정박을 꿈꾸는 망망대해의 난파선이었다

　　고정된 내 이름이 없었을 때, 나는 그냥
　　꼬리를 반짝이며 지구로의 추락을 꿈꾸는 웅크
린 유성이었다

　　내 이름을 몰랐을 때, 나는
　　소유가 없었고
　　선하고 악한 것도 없어 어디에도 존재하지 않았다

　　내 몸에 선명하게 문신이 새겨지고 점하나로 존

재했을 때 수많은 다른 점들이 끝없이 이어져 잘
묶여진 매듭 속에 나는 갇혔고 등나무 넝쿨같이
복잡한 점들은 나를 구속했다. 엉킴 사이를 비집고
나오지 못하고 그 안에 갇혀 나는 나를 소유하지
못했다. 잠깐 동안 내게 새겨진 문신을 내 것이라
고 너무 쉽게 생각했을 때 청맹과니가 되어가던 내
눈은 점으로도 남겨지지 않는 문신을 보지 못하고
다시 희미해져, 그 후 나는 어디에도 존재하지 않
았다

　　내 몸의 거리 저쪽
　　문신이 지워졌을 때, 나는
　　온전히 내가 될 수 있었고 비로소 점(点) 밖에서
편안할 수 있었다

　　－「내 몸의 거리」 전문

　이 시는 앞에서 언급한 시 「경계 허물기」에서 의식보다
무의식이 왜 더 중요한지를 '몸의 거리'라는 개념을 통해
증명해 보여주고 있다. 화자에 의하면 자신이 하나의 생명
체로 탄생하기 이전에는 "한 마리 정충이었고 지구를 바
라보는 외눈박이 외계인이었고/정박을 꿈꾸는 망망대해의

난파선"이었고 "꼬리를 반짝이며 지구로 추락을 꿈꾸는 웅크린 유성"에 지나지 않았다. 그러다가 자신이 육체를 입고 이 땅에 태어나 자신의 몸에 "선명하게 문신이 새겨지고 점 하나로 존재"하게 되지만, 곧 다른 수많은 점들과 이어진, 거대한 매듭 속에 갇혀있는 자신을 발견하게 된다. 더욱 불행한 것은 내가 나를 소유하지 못하고 문신조차 희미해져서 자신의 존재가 어디에도 없다는 의식에 이르게 된 것이다. 그런데 화자는 이 시의 마지막 연에서 "내 몸의 거리 저쪽/문신이 지워졌을 때, 나는/온전히 내가 될 수 있었고 비로소 점点 밖에서 편안할 수 있었다"고 말하고 있다.

이 시를 이해하기 위해서는 "내 몸의 거리 저쪽"이 어디인지를 알아야 한다. 여기서 '내 몸'이 현세적 육체성을 강조하는 것이라면 저쪽은 죽음의 공간으로 볼 수 있고, 그것이 의식 세계를 가리키는 것이라면 '저쪽'은 무의식의 세계를 의미하는 것이 된다. 그런데 앞의 시와 연관 지어서 이 시를 해석해보면 "내 몸의 거리 저쪽"은 무의식의 세계를 가리키는 것으로도 볼 수 있다. 의식의 세계에서 지각되던 '문신'도 무의식의 눈으로 보면 지워져 보이지 않을 수 있다. 이 시에서 점이나 문신은 육체성의 한계를 나타내는 은유이기 때문에 그것을 넘어서는 무의식의 세계에서 화자는 "온전히 내가 될 수 있었고 비로소 점(点) 밖에서 편안할 수 있"게 되는 것이다. 결론적으로 말하면 이 시는 화자가 문신 지우기를 통해서 의식과 무의식의 경계를 허물어 원형적 자아를 새롭게 발견해나가는 과정을 보여주고 있다.

　김용의 시에서 경계의 사유를 보여주는 시는 의식과 무의식 뿐 아니라 삶과 죽음 등, 그 범주가 다양하다. 그는 또 다른 시 「부고」에서 "아침에 기지개를 켜는데/삶의 축에서 기울어진 소식 하나가/내게 도착했다/소식을 깨워 속살을 만져본다//깊게 패인 주름이 글자마다 선명한데/마침표만 흐릿하다"고 말하고 있다. 여기서 '마침표'는 삶의 마침표로서 삶과 죽음의 경계를 의미한다. 화자에 의하면 "깊게 패인 주름이 글자마다 선명"하다. 즉 고인이 살아있을 때의 모습이 생생하게 느껴져서 삶과 죽음의 경계가 희미하게 느껴진다. 이것은 자칫 고인의 죽음에 대한 무관심으로 읽힐 수도 있지만, 세상의 모든 경계를 허물어 새로운 인식에 이르려는 시인의 태도를 감안해보면 '죽음'조차도 삶의 또 다른 형태로서 연속성을 지니게 되는 것이다.

　　　바람을 일으키고도
　　　제 살 떨리는 줄 모르는 바람처럼

　　　하늘을 밀며 흘러도

제 몸 떠다니는 줄 모르는 구름처럼

이글거리며 타올라도
제 몸 녹아내리는 줄 모르는 태양처럼

흔들리고
떠돌고
녹아 내리면서

낙엽진 풀밭 옆에
커다란 거울 하나 장만하는 일

– 「자화상」 전문

　이 시는 김용의 시 중에서는 드물게 「거울 앞에서」와 함께 '거울' 이미지가 직접적으로 드러나 있는 시이다. 시인이 자신의 존재를 반성적으로 그려 보여주는 '자화상'이라는 제목의 시에 '거울' 이미지를 직접적으로 등장시키고 있는 것은 예사로운 것이 아니다. 특히 이 시는 앞에서 거론한 '경계 허물기'로서의 상상력도 보여주고 있어서 시인의 내면의식이 종합적으로 응집되어 나타나 있는 시로 보아도 무방하다. 이 시의 1~3연은 "~고도 ~줄 모르는"이라는 구문이 반복되어 나타난다. 여기서 핵심어 '모르는'의 의미를 무지로 해석해서는 안 된다. 전체적인 문맥에서 보면 '모르는'은 '의식하지 않는' 정도로 해석하는 것이 온당하다. 시인이 '바람'이나 '하늘'이나 '구름'과 같은 자연의 현상을 보이는 그대로 의식하지 않고 '무의식'의 눈으로 바라보려는 것은 '의식 너머'에 참다운 존재가 자리하고 있다는 믿음이 있기 때문이다. 이러한 시인의 태도는 대상 너머에서 새로운 존재성을 찾아내는 시의 본질과도 상통한다. 이런 맥락에서 보면 시인이 시를 쓰는 일은 의식의 "낙엽진 풀밭 옆에서" 커다란 무의식의 거울 하나를 장만하는 일이다.

이상에서 살펴본 바와 같이 김용의 시인의 시들은 반성적 거울의 눈으로 세상과 자아를 바라본다. 이러한 시인의 태도는 시를 교훈적 주제를 담아내는 도구 정도로 인식하지 않고, 기존의 관습적 인식의 태도를 넘어서서 세상과 자아를 새롭게 바라보려는 시인의 현대적 안목에 기인한다. 시인은 세상의 피상성을 넘어서는 방법으로 '무의식'을 새롭게 등장시킨다. 따라서 시인이 「자화상」에서 선보인 '거울'은 단순히 사물로서의 거울이 아니라 '무의식의 거울'에 가깝다. 무의식의 거울로 세상을 보면 피상적으로 보이는 세계 너머의 세계도 바라볼 수 있게 된다. 이는 김용의 시 도처에서 발견되는 생명성이나 존재성에 한

층 깊이를 더해주는 시적 장치로서 중요한 의미를 지니고 있다. 이처럼 김용의 시의 상상력은 예사롭지가 않다. 그의 시가 단순한 듯하면서도 단순하지 않고 그 이면에 새로운 깊이를 담지하고 있는 것은 우연이 아니다. 우리는 지금 "기운 날개가/거울 앞에서 언뜻 스치는"(「거울 앞에서」) 김용의 시의 다양한 표정을 읽으면서, 그의 시가 앞으로 펼쳐나갈 미래에 새로운 기대를 걸게 된다.